京都万華鏡 II

敦姫 エッセイ集

昭和・平成・令和に生きて

柴田敦姫

四季の俳句と絵　春（甲山）

かぶと山
戦は知らず春日永

あつ姫

四季の俳句と絵　夏（谷川岳）

双耳峰
越へて行けるか
夏の蝶

あつ姫

四季の俳句と絵　秋（砥ノ峰高原）

芒原
大風の中
立ち尽くす

あつ姫

四季の俳句と絵　冬（城跡）

皮衣着て城跡を
踏みしめぬ

あつ姫

金閣炎上

夏のはじめの真夜中のこと……。

「火事！　火事え！　早う起きなさい！」

いつになく激しい母の大声で明子は目が醒めた。

バタバタと階段を上がってくる足音。

半ば目醒めた耳に、夜中にしては騒がしすぎる雑多な音が入ってくる。慌てて姉や兄の後から物干し場へと上がって行く……と、西の方、左大文字山の麓のいつも「小山《こやま》」と呼んでいる丘と、その後ろの森はシルエットになり、背後は真っ赤に染まっている。煙と共に燃え上がる炎で幕のようだ。時折黒い巨大な柱か何かが天に向かって飛び跳ねるかのよう

に、吹き上がるかのように、はじけている。

消防車の音や遠くの喧噪が、物狂おしい様な異常さで変事を辺りに伝え、人々を竦ませていた。

誰一人ものも言わず、異様に赤い西の方を見ていた時。「あの方角は……もしや金閣寺やないやろうか……?」と、背後で父の声……。

一夜明けて、やはりそうだった事が伝えられた。一九五〇年七月二日の事である。

当時明子は小学三年生。一年生の時に太平洋戦争が終わり、京の三条に住んでいた一家は衣笠の地に住む事になった。街中の家は、爆撃された時の類焼を防ぐ為に、強制取り壊しをされてしまったからである。

国の力で家を間引きして壊す。武器を作る原材料もないから、若い命を爆弾にして散らし、本土決戦に備えて竹槍訓練。戦争では何と多くの命を犠牲にした事だろう。

終戦後、京都の大邸宅は進駐軍に接収されていて、カーキ色の服を着て四角い形の帽子を被ったアメリカ軍人達が、ジープからはみ出しそうな足を曲げて乗っているのをよく見かけたものだった。

小学二年の頃、金閣寺で写生会があった。この当時は、まだ燃えていない黒い木張りの金閣寺である。

池の傍の金閣寺がよく見える所で描いていると、背後で聞き慣れない言葉でガヤガヤ言っている。と突然、描いている絵の上にお菓子が数個降って来た。見たこともないキラキラした紙に包まれている。戦時中は勿論の事、終戦後も日本には、お砂糖やチョコレート等は無い。「ありがとう」の言葉も、英語は敵国語だから知らない。呆気にとられている間に行ってしまった。見ると進駐軍の兵隊達だった。でも、その兵隊達は目が高い！　明子の絵は新聞社のコンクールで賞を頂いた。頭デッカチの金閣寺が描かれた迫力ある絵だった。

高度成長を遂げて、今、金閣寺周辺は、大きく変わった。大型観光バス、その他の駐車場になっている場所は、金閣寺の裏山で「小山」と呼んで私達子供の遊び場だった。此処の櫟《クヌギ》の木の下へ夏の早朝に行き、揺らすと、鍬形《クワガタ》や他の昆虫達が落ちて来て、それを弟達と大喜びで掴まえたり、小山の奥の森でターザンごっこをして、変な声で叫び走り回ったものだ。「ターザン」は、アメリカ映画で、主人公のターザンは、ジョニー・ワイズミュラーという水泳の選手で、逞しい。猿に育てられ、動物と話が出来、ジャングル中を、木の太い蔓《つる》にぶら下がって移動できる。「アァァ〜〜〜」という特殊な抑揚の声で動物を集めたりするのだ。ジェーンという奥さん、「ボーイ」という息子がいて、チンパンジーも家族の一員である。ジェーンは、確かミア・

ファーローの母親だと聞いた事がある。此の映画はとても人気があり、「ターザンごっこ」は、金閣寺の裏山でしか出来ない遊びだろう。

　しかし此の頃一番爽快だったのは、犬の散歩で、左大文字の火床迄登って、京の町を見ることだ。左大文字の火床は、小さな塔の様に石積みで作られている。犬と一緒に火床の上の石に坐って風に吹かれて街を見るのは気持ちがよく、明子の登山好きは此の頃に芽生え育ったのかもしれない。

　左大文字山は、今はカトリックの修道院になっており、一般人は入れない。送り火の時だけ地元の係の人が入る事になっている。

　何故仏教の山にカトリックの僧院が？

　山には所有者があるのだから何か事情があったのだろう。

　考えてみると、左大文字山は、右大文字山よりも低く、火床も低い小さな砦の様だから、誰もが自由に登れると困った事も起こるかも知れない。

金閣寺に火をつけた若い僧は、此の裏山に逃げていたのが見付かった。後に、三島由紀夫が「金閣寺」という著書の中で「金閣の美に対する嫉妬」が原因だと推測しておられるが、外観だけ見ると此の頃の金閣寺は、銀閣寺の様に素朴な木で出来ていた。多分風雨に曝されて、金箔は褪せていたが、戦中戦後の物資不足で張り換える事も出来なかったのだろう。

今は、金色燦然たる寺となり、外国人観光客の讃辞を浴び、敵国語と言われた英語は、万国共通語の様に飛び交っている。

言葉と言えば、寺僧の火付けの原因は、身分制度、貧富の差、「言葉」がはっきりと出ない事へのコンプレックスだったのではないかと明子は思っている。貧しい田舎から寺へ預けられ、高僧の持つ権威・財力、体力への、どうしようもない抗《あらが》いではなかったか？と。

金閣炎上から七十年。黒い柱を紅蓮の炎が巻き上げ、西の空を朱に染めているのを見た者はもう少ないだろう。少なくとも共に物干し台から見ていた家族は天国に昇ってしまった。その家も潰され、今はその辺りには新建材で建てたモダーンな住宅が建ち並んでいる。

ある日、大文字山のふもとの道を歩きたくなった。しかし要垣《かなめがき》も、よく花をつけた百日紅もとり払われてしまった。誰方《どなた》かのお家を見るのは淋しくて、西大路通りから左大文字山の裾の道を辿って行った。大文字の点火の日は、此処に立って見ていると、点火する人もチラチラ見えて、全部の火が点くと、「バンザーイ！　バンザーイ！」と手を上げて叫ぶ声が下迄聞こえてくる。地元の青年団の人達である。シルエットが動く。

あの燃えている火と煙の中には、自分が、昼間、金閣寺のお不動様の所で書いて来た護摩木や、御塔婆も入っているのだと思うと、心をこめて手を合わす。これで、この煙で、御先祖様は浄土に帰って行かれるのだと。

いろんな事を考え乍ら、駐車場も過ぎると人通りもなく静かになった。

「この辺が山への登り口、犬を連れてよく通ったなあ、そう言えば若い寺僧は、火を点けた後、山で見付かり、車に乗せられるニュースの映像を見たっけ？　そろそろ引き返そうかな？」と思い乍ら歩いていると、向こうから作務衣の上衣の下に綿のTシャツを着た小柄な男の人がゆっくり歩いて来た。

すれ違いざま、「あのーちょっとすみません」と言う。「どうかされたんですか？」と尋ねると、「邪魔やったんですよ、退《ど》かしたらどんなにスッとするやろか……後ろの山やら木やらも、どんなにきれいに見えるやろうかって思ってたんですよ、ずっとずっと。何でもあんまり思いつめたらあきませんなあ……、アッ、すみません」

「はァ？」呆気にとられている内に行ってしまった。

「変な人やなァ」と振り返るともう姿は見えなかった。
山の匂いを含んだ風が、さらり！と通った。

小学校区とその界隈

此の金閣寺に近い、左大文字山の麓、衣笠の地に住んだのは、太平洋戦争が終わって暫く、明子が小学校一年生の時だった。昭和二十年の事である。

それ迄は、明子と弟は幼いので、北桑田郡の知人の別棟を借りて疎開していた。そこへ母か上の姉が代わり合って住み、父は三条の家から会社へ勤務し、兄は学校へ通っていた。当時は、学校で勉強など出来ず、勤労奉仕か訓練だった。この事は『京都万華鏡（Ｉ）』に書いた。

衣笠の家から小学校へ通学は、西大路線を南に二駅下って行く。子供の足で二十分程だろうか。グループ登校ではないが、大抵は同じ顔ぶれが一緒だ。現在は移転したが、その頃は、北東部の山の中に斎場があり、霊柩車がよく通った。

その車とすれ違う時に「自分の親指を見せると、親の死に目に会えない」という事を誰かが言い出して、霊柩車が来る度「キャーキャー」言って親指を隠して拳を握っていたものである。何度も来るので忙しかったものだ。

金閣寺道の次の駅は「わら天神」である。「安産の神様」だ。神社で安産祈願をして貰い、小さな紙包を頂く。その中に三センチ位の麦藁《むぎわら》が入っていて、その藁に節があれば男の子、なければ女の子を授かるという。

今も変わりないのだろうか？　男女産み分けの出来る世の中になったけれど。

神社を過ぎて次の駅が小学校。その次の駅は北野白梅町と言って京福電車嵐山行きの電車の始発駅だ。その手前には紅梅町があり、梅が多かったのだろう。線路を挟んで東にあるのは、平野神社という桜の名所であり、そこを東に抜けると、菅原道真公《すがわらのみちざね》を祭る受験の神様。太閤秀吉が大茶会をした北野天満宮。此処も梅で有名だからきっと昔は、桜や梅見で賑わったに違いない。

さて昭和二十年、その頃は、まだ「國民學校」と言っていた。講堂には教育勅語《ちょくご》が掲げられており、「朕《チン》思フニ、我が皇祖皇宗《コウソコウソウ》は……」と始まる所を「ちん　おもに　わがコーチョコーチョー」と言い乍ら友達をくすぐりに来るという事をしてふざけていたものである。

前作の『京都万華鏡』シリーズ（Ⅰ）・（別冊）では、京都の鴨川を中心にした中京区、下京区、

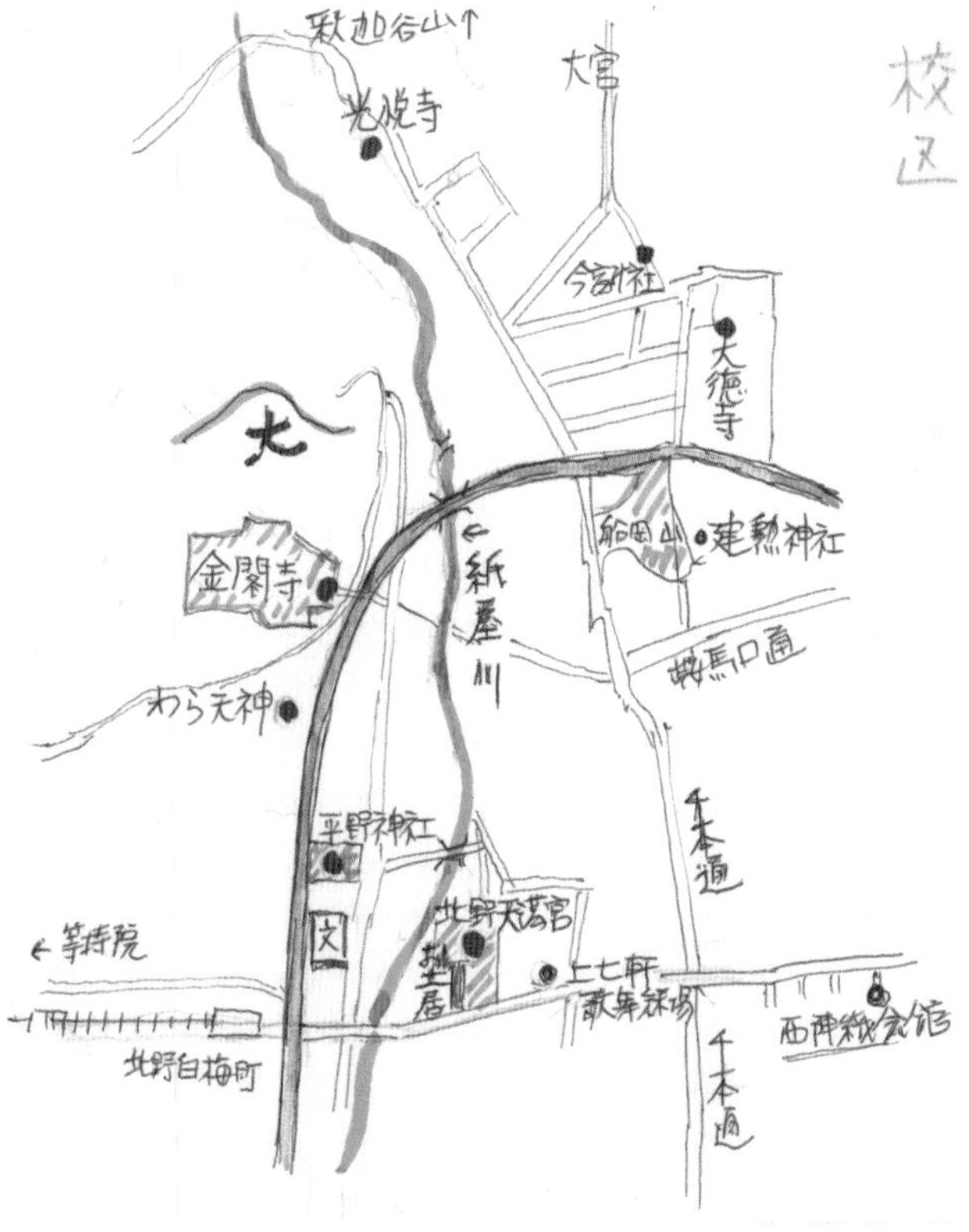

東山区の辺りの事を話して来たが、此処からは、北区、上京区の事を話そう。右大文字と向かい合った左大文字の麓、つまり西陣の辺りである。着物の町京都、此の界隈では、友禅染めの職人さん、染め職、織り屋さんを職業としている家が多く、傍を通ると「カタンカタン、カタカタ」と、織機《はたおり》の音がしていた。

明子のお友達の家も織り屋さんが多く、家に入れて貰っても話し声も聞き取り難い。

部屋は織り機や着物・帯の模様を織り込む道具や型が、所狭しと置かれていた。

織り屋さん以外に、友禅染めは、デザイン・模様を描く人、糊つけ、地に写す人、……と工程があり、組合のようになっている。現在は西陣織会館で、織物や工程を見る事が出来る。

京都は着倒れ、大阪は食い倒れというが、明子の母など命絶える迄着物で過ごした。茶道・華道も着物。「お初釜には、どれを着て行きまひょう?」「今度の南座の顔見世は、これ着て行きまひょ!」と、楽しみな、物入りなことどす。

京の東山の南を流れる鴨川、華やかな花街は、祇園と先斗町。

京の西を流れるのは、小さいけれど紙屋川《かみやがわ》。そして花街は上七軒。主に繊維関係の旦那の遊ぶ所でした。「上の七軒」とは何と趣のある名前ではありませんか…。

戦争が終わり、糸ヘン景気と呼ばれた頃は、西陣も活気づいていたものでしたよ。西陣とは特定の位置を指すものではなくて、京の西南。北野神社から南の辺りでしょうか。

宴会・食事をするのは、スッポンの「大市」という所。花街も有名で、水上勉の「五番町夕霧楼」という作は、西陣の遊郭の事ですよ。三島由紀夫の「金閣寺」の中で、老師が女遊びをし尽くしたというのは、この遊郭の事ではないかしらん? しかし、昭和三十年代頃から売春防止法のため、商店や酒場等に変わり、その「仕事」に泣く女はなくなりましたよ。

河原町の「新京極」に習って「西陣京極」もあり、食堂や喫茶店や映画館が並んでいて、気取りのない遊び場として、機業にかかわる番頭さん、丁稚さん、織る人等が、気取らずに楽しんでいたものだった。

昭和三十年代を過ぎた頃でも、映画館はまだ健在で、「千本日活」「西陣キネマ」等は、此の辺りに住む者にとっては手近で気楽だった。エノケンの映画とか、怪談三本立などで、見た後は、大笑いの汗、恐怖の冷汗で、今もエノケン（榎本健一《えのもとけんいち》、その頃有名な喜劇役者）の口の裂けたお化けの顔が、笹の陰から笑っていたのを恐ろしく想い出す。

二人の先生

入学した時は運動場に面した校舎だったが、高学年になった明子達は、低学年の間、学んだコンクリート建の校舎から旧校舎へ移った。木造校舎で二階建て、コの字型に建った真ン中は、中庭になっていた。古い校門の入り口の脇には、二宮金次郎が、背に薪を負い、本を読みながら歩いている像がある。

労を惜しまず、時を惜しんで「刻苦勉励」せよ、との範になっており、当時は、大抵の学校の校門の脇にはこの像があった。此の頃あったのは、この像と相撲場だ。確か何処の小学校にもあったと思う。

当時、先生は、戦争で大学を一年早くに卒業させられていて、その後すぐ先生になられたので、若かった。五年生の受持も、六年生の受持も卒業してすぐの若い男の先生で、子供達に、立派な教育を受けさせて新しい社会を作るのだという意欲に燃えておられた。

五年生の時のO先生は、社会派である。戦災孤児を憂い、社会の不平等を憂い、これから日本を支えて行く若者達に、正しい事を教え、新しい社会をつくっていくのだという意欲に燃えておられた。

一番印象に残っているのは、社会科で、日本の県庁所在地を覚えた事である。例えば「宮城は仙台、群馬は前橋…」という風に、日本の北から覚えていく。身につくと、日本の地理が、形となって頭に入って来る気がする。

先生は、私達を教えて下さった後、市会議員、県会議員、国会議員、そして文部大臣を一時期つとめられた。私達や、自分の意見を必ず国会に通すと言って下さったが、真面目な先生にとってどんなに苦労が多かった事であったろうか、と教え子達は胸が痛む。頑健な先生が御病気になられたから。

さて六年生の担任だった熱血先生はI先生。大切な最高学年を受け持って下さり、立派に卒業させ、中学校に進ませなくてはと何事にも熱心だった。

今も、運動会の時のかけ声や白線を引く為の車を凄い速さで押して走っておられた先生の姿を想い出す。

勉強を教えられている時や、宿題やテストが採点されて返って来る時が凄い。几帳面な字でビッシリと書き込みがしてある。いつも職員室で、ギリギリ迄先生の机に電燈が点いていたそうだ。

その当時は、塾もなくタイプライターもパソコンもない時代だ。ガリ版摺りである。鉄筆で書いて謄写版で摺る。中には受験する子もいるから、全体の学力を高めねばならず、時には授業が長引く。補習授業である。長く勉強した御褒美《ほうび》に、先生得意の「お話」をして下さるのだ。「善太と三平」等楽しい話を読んで下さったり、他のお話もあるが、特に皆が好むのは、先生作、語りの「学校の怪談七不思議」だ。

秋になると日暮れが早い。

「先生、早くう！　今日は何処のお話ですかあ〜」。皆『こわい物見たさ、聴きたさ』で、恐ろしくもあり、待ち遠しくもある。

六年生は、旧校舎が教室。木造の旧校舎は壁が黒ずんでいたり、窓枠もガタピシしている。話の種はさがせば幾らもある。

「この前の火曜日、夕方から雨が降ってたでしょう？　皆の帰った後、教室へ忘れたノートをとりに戻ったんや。教室のドアを閉めて階段の踊り場の所へ来て、フッと壁を見たらポツンと雨の染みがあったんや。それが何や動いとるんや。じっと見てると長い長い髪のように垂れ下がって壁の四方へジワジワーっと拡がって、何処からか、イッヒッヒ…と」……という所迄来ると私達生徒は、まさにその場所と壁の染みを知っているだけに、恐ろしくて耐えられない。空想が倍にも拡がる。

「先生、分かった！　もうおしまい？」と誰かが言うと、「先生有難うございました」と級長の声が聞こえない位、立ち上がって我先にと靴箱へ急ぎ、上靴と下靴を履きかえて外に出る。後ろからお化けが追って来るようで、よく階段を転げなかったという位の勢いで下る。

又、違う日には「先生はナ、理科室に用を書いたメモを取りに行ったんや。薄暗がりで探し

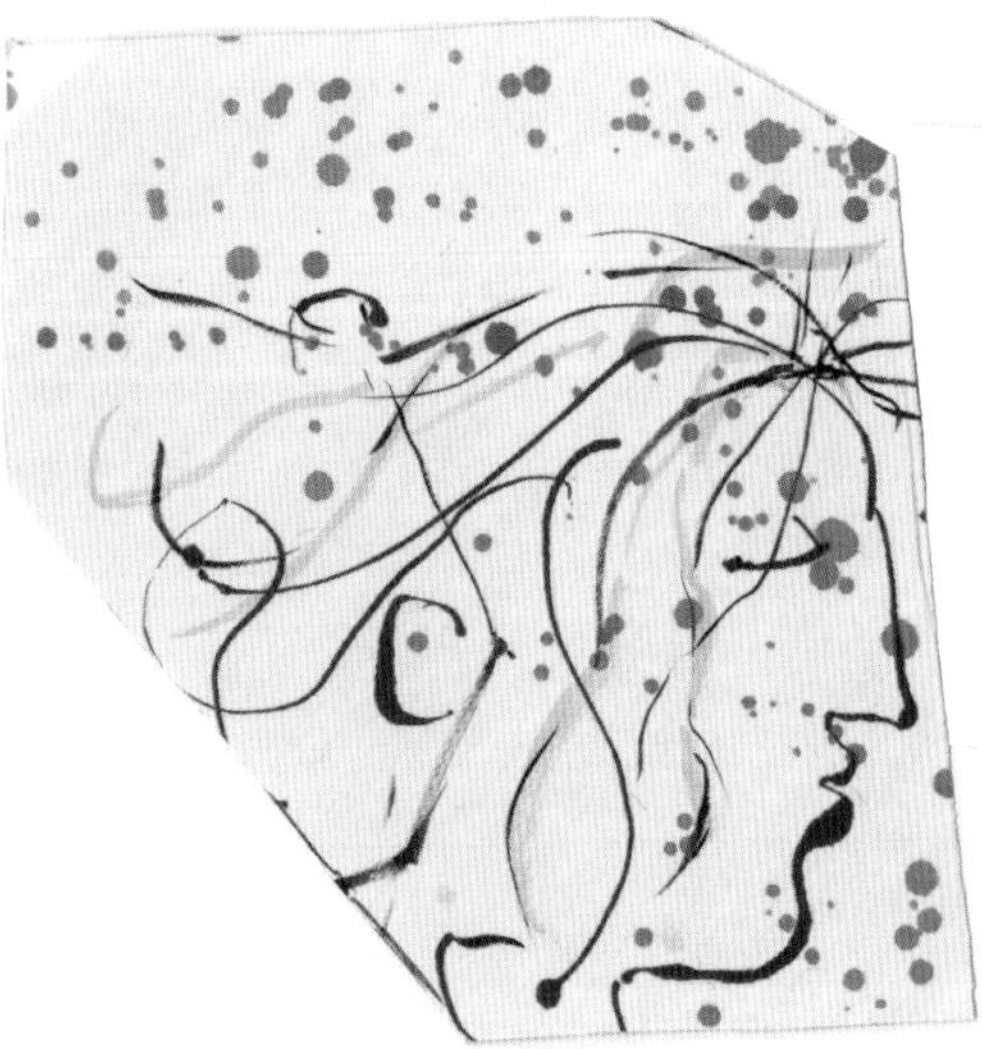

でたら、後ろで『カタカタカタカタ』って音がする。振り向いて見ると標本の骸骨《がいこつ》が、歯をカタカタさせて近づいて来てーー」と言うと、もう皆は総立ち！

こういう日ばかりは、薄暗い事でもあり同じ方向へ帰る者は、かたまって一緒に帰る。恐い話の後でも、恐い話をする。

「あのなァ、木娘《きむすめ》って知ってるか？」

「知ってる。不幸な目にあって亡くなった娘が木の精になって、木の茂りがその女の人の形になるんやろ？」

「あ！　そう言えば、あの天神さんの大木！丸髷《まるまげ》結うた女の人の頭の形してる！」

「ほんまや！　コワイ〜！」「ヒャー早う帰ろ！」という具合に何でも「恐いもの」に見えて大騒ぎだ。

卒業後も先生方の熱情と愛情ある御指導と教育のお蔭で、私達生徒は、自分達の道をはずす事なく歩んで来た。公務員、銀行家、会社員、博士、技術者と、世に活躍する者、地元で立派に代々の家業を継いでいる者、難しい時代に西陣織を、京の産業として立てて行こうとする者等々、自分の道をしっかりと進んで行く事が出来た。

女子は「良いお嫁さん」になるというのが目標とされて来たが、「京は女で保《も》つ」というのも、あながち虚言ではない。縁の下の力持ち、優しくて芯の強い京女なのだ。

I先生は後、大学へ入り直して大学教授になられた。

後に同窓会の席で、I先生が言われるには、「家庭訪問に行くと、親御さんにこぼされるんや、『息子に、こわい話するの、やめて貰えまへんやろか？　息子が夜中に便所へ一人でよう行かしまへんのや』…」とね。

又或る家では「先生、うちの息子の姉を、嫁に貰ろてもらえまへんやろか？」と度々言われ困ったそうな。

大きなおうち

学校の帰り道、大通りから少しはずれた山裾に立派な邸宅があった。石造りの門柱、両開きの扉の横には通用門があり、ベルを押すと、随分経ってから女中さんが、門の小窓を開けて「誰方《どなた》?」と言われ、名前を言って確かだと開けて貰える。門から入ると石畳の道が中の玄関へと続く。

やっと玄関の石段を二段ばかり上がると、マホガニー色の大きな扉が開いて、「どうぞ」と入れて頂ける。中はピカピカの広い板張りのホールになっていて、正面には大きなボンボン時計が振り子を揺らしている。すぐの部屋は応接間、右側には二階に上がる階段が、まるでスカーレット・オハラが降りて来るかのように、まるくカーブしている。二階には球突き室やくつろぎの部屋もあり、外国映画で見る洋館だ。

しかし洋館は、住まいと客用の為であり離れ座敷は日本家屋である。

この家は元々お金持ちなのだが、和装織物、小物

等でお商売をされていると聞いていた。進藤家の二男一女、此の一人娘が明子の同じ年の友達だった。友達と言っても、地元の小学校ではなく、附属小学校へ行っていたから、滅多に会うことはない。

しかし家が近い事や明子の兄弟が進藤家の兄弟とも近い年齢なので、何となく付き合いもあり、親同士も挨拶は交わす程度の事はあった。

時々遊びに行くと決まってするのは「かくれんぼ」。何しろ続いた庭が三つあるのだ。

一つは、東から南側へと続く芝生の庭。この庭の小高い築山になった所には、青緑色の陶器で出来たサタンが、ロダンの「考える人」のような形で坐っていて、まるでノートルダム寺院の飾り物のよう。此の後ろに隠れると中々見付からない。東北の庭は、池があって和風のボートが一艘浮かんでいて乗れるようになっている。この和風庭園は、離れ座敷の前に拡がっている。

明子は一度鯉の泳ぐこの池に、ボートに乗って遊んだ事があるが、それ程楽しくもなかったのだろう、一度切りと言う事は。

さて豪壮な表門から生垣沿いに可成り歩いて行くと通用門があり、家族や使用人の出入り口だ。明子は此処から入ってもいい事になっている。外のベルを押すと右手の少し小さな窓から誰かが顔をのぞかせて、「どうぞ」と言われて扉を開けて下さる。或る日、その窓から覗いたお顔は、正子の父上だった。

中に向かって「マアコ！マアコ！　アキチャンが来て下さったよ」と言われる。

正子の父上は正子を「マアコマアコ」と呼ばれる。目鼻立ちの整った殿様みたいな品のある方である。正子の母は、反対に洋風な感じの人で、その時代、明子の母等は専ら着物で暮らし、髪も引っつめで結っていたのに、彼女は洋髪でおしゃれに服を着て居られた。

或る日の事、「お雛祭りのお昼ごはんを、一緒に上がって頂き度いのでいらして下さい」という御招待を頂いた。明子の雛人形などは、爆撃を恐れて、まだ会社の倉庫に保管されていたから、とても羨ましくもあり嬉しくもあった。

お招きを受けたのは、もう一人、仲良しの好子ちゃん。彼女も呉服関係の家の子で、母上はいつも着物姿だ。

初めてのおよばれで、二人共よそ行きの服を着て緊張気味である。最初に通されたのは、池や燈籠の見える和室で、此処には、御祖母様、母上、正子と三代の雛飾りがしてあった。三つ庭園があると言ったが、洋館から離れの日本間への渡廊下の両側は小さな庭になっている。

雛の間でお食事を頂くのかと思っていたが、食事会は食堂で頂くという。

又、洋館に戻ると芝生の庭に面して南向きの出窓のある明るい洋間のテーブルの上には洋食のセットが用意されていて、何も知らない好子ちゃんと明子は、たじろいだ。

二人並んで坐り、ヒソヒソと「ナイフとフォークは外側からとっていくんやし！」「スープはこれやね」ヒソヒソ！

困った！　この青いヒラヒラした葉っパは、何で食べるの？　ヒソヒソヒソヒソ。

「フォークで刺されへんね、指で食べよ！」と、コソコソヒソヒソ言い乍らレタスもサラダ菜も指ではさんで頂きました！

その頃としては、楽しく貴重で、ドギマギする体験でしたよ。

こんな事があった或る日、下校時に集まって皆で下校中、誰かが「進藤さんとこの門のベル押したらな、小窓が開いてまっ青な雪女の顔が覗いたんやて」とか、「あの背の高い松があるやろ？　あそこの枝に見た事もない黒い～～」「やめて！やめて！　そんな事嘘ばっかりやわ」と、仲良し家族の為に明子は打ち消すのに懸命だった。

やがて中学は三人共女子校に入り、往き来も前よりよく出来る事になった。そんな日、「正子ちゃんのお父様、御病気だそうよ」という話を耳にした。数日後尋ねると、原因も療法も不明の難病で、身体が固くなり車椅子に乗っていらっしゃるとの事だった。

「あの温厚な、お殿様みたいな父上が…」と驚いた。今考えるとパーキンソン病かもしれない。その頃は、まだ知られていなかったのかとも思う。

長い療養生活の後、亡くなられて、その頃から西陣にも影が射し始めていた。

「京友禅の新柄　発表会」には、コッソリ外国からの関係者が来て、同じ模様をうつして帰り破格の値段で着物地を安くして売るから、とか、手入れの難しい着物より洋服が楽とか、ウールお召など安くて着易いものが出て来たから、とか理由はいろいろあるだろう。

しかし日常生活から着物が消え、儀式の時だけのものとなり、貸衣裳が増えた。今でも大河ドラマの篤姫《あつひめ》の衣裳や姫君の衣裳、それに皇室のお輿入れの時は、明子の友達の家での京友禅が使われたと彼女は言っていた。

しかし図案・糊置き・筆のぼかし・染め等の工程で働いている人々は、少しずつ減って来ざるを得ない。明子の小学校の同級生の家の前を通るといつも聞こえた機織り機の音も静かになってしまった。

進藤家も、父上が亡くなられて後は、何かひっそりしてしまった。その頃は、同じ学校に電車で通っていた正子と明子だったが、家に行ったりはせず、京近郊のハイキングや長い長い立ち話、学校行事を共にする位で過ぎて行った。正子ちゃんは、優しく真面目で、父母兄弟の愛情を受けて育っている本物のお嬢さんだ。人の悪口を言ったり、意地の悪い事をしたり考えたりすることはない。

兄上も弟君もおっとり、人を疑ったり攻撃したりする事はない。そういう育ちなのだ。誰かが言っていた。「進藤の弟なんて、悪い奴がいて騙そうと思ったら何ぼでも騙せる」と。

正子が結婚すると言う。

「正子ちゃん、ほんまに好き？　大好きな人でないと結婚したらアカンよ」

「うん、回りの人が皆、好きやって言われてる内が花やって」

その内、風が運んで来た便りには、大きなお家は金閣寺さんの物になったという。

正子ちゃんは、ちっちゃなお家で家族と共に何者をも恨まず暮らしているという。

金閣寺さん！　心あらば、あの和洋館と広大な庭のあるお屋敷を開放して頂けないでしょうか？　住み込みの庭師のいたあの庭園、誰が設計したのか、気品のある洋館。金閣寺の後ろの山を背景に、凜と在りますが。

金閣寺から千本北大路へ道路がカーブしているが、この北大路線に曲がってすぐの所で小さな橋を渡る。この橋の下を流れているのが紙屋川だ。鴨川と違って水面が見えないから分からないが、北は釈迦谷山の麓、光悦寺の辺りから流れ出し、北野神社の西端を流れ、天神川となって桂川に入るのは久世橋の辺りだろうか。明子の家の近くを流れていた川なので、何となく愛情を感じ、西陣らしいな、と思う。京の織物を支え、派手に流れるのではなくいつも変わらず、細く其処に流れていることが。

愛しき山と殿達

龍馬殿と高千穂峰

「登って来いよー！」と、山が呼んでいるので、次々と日本中の山に登った。

中学に入って夏山登山募集があり、妙高山に登ったのが、きっかけだった。

小学校の時の明子は悲惨だった。ヒョロヒョロに痩《や》せていて、学校生活で一番嫌なのは身体検査だった。何故、高学年になっても、女の子に肌着も付けさせてくれないのか？　しかも、記録帖を持って校医の言う事を記すのは担任の先生である。その日は消えてしまいたかった。その上、いつも通信簿の「健康」の欄に書かれているのは「要注意」。

「要注意」と書かれる程、恥ずかしい事はなかった。痩せて風邪ばかりひく位の事で。

中学生になって嬉しかったのは、通信簿にこの様な記録をされなかった事だった。

山が私を元気にしてくれた！
陽に当たり、よく歩いてよく食べる。長じて山岳部をやってからは、もっと元気になった。「山さん、有難う」。大地を踏みしめて歩く。今回歩いているのは、九州の都城市にある霧島である。
我が敬愛する坂本龍馬様が、おりょうさんと新婚旅行に登った山なのだ。

京都には、祇園社の南側の道を登って行った所に、中岡慎太郎と龍馬のお墓もあるし、寺田屋や隠れ家にしていた商家などもあるが、ひどい奴に襲われたり、挙句、命を落とした事は考えたくない。

高千穂の峰迄は、火山地帯の山だから可成りザラザラした小石が多く高度もある。おりょうさんは、何を履いていたんだろう？

「おーい、おりょう！　早く来いよ〜！」

「あれェ！やっと着いた！　天の逆鉾！　これは大きな物ですねえ」

「一度抜いてみようかー！」

「ほんと、じゃあ私がやってみる！」

「おいおい！」と龍馬さんの声が聞こえて来そう。

明子の登った日は、〝天気晴朗なれど風強し〟で、凄い突風が吹くが、恐れじ！とおりょうさんに

なった気分である。

「龍馬さーん！　引っこ抜いちゃいました」

「おりょう！　お前《まん》、知らんゾ！　此の天孫降臨の場所で！　さあさあ俺が戻してやるきに」

あァ！それにしても何と周りの山々の美しいことか！　霧島つつじが咲いている。

「龍馬さん、風が強くなって来たから、もうそろそろ降りましょうか〜」

「天孫降臨じゃ！　それ！行くぜヨ！」

楽しい楽しい霧島の旅でしたよ。

信長殿と安土城趾

桜の人出もない頃に、安土城趾へ。今年こそ行くよ！と決めて出かけたのは十一月始めの事だった。ハイキングの本には、観王正寺城趾や徹山《きぬがさ》を回るコースが出ているので、それに決めた。

早く安土城へ行きたい、と、足も早くなる。安土城へは、正面からではなく、お寺から続く広い道をたどって行く。

大した登りではないが、長らく憧れていたので気が逸る。やっと着いた。木々が囲んでいる平らな地面、機敏に配置された礎石を見渡していた。「この石の上には、きっと太くて、天主迄も突き抜ける柱が立っていたに違いない」「こちらのは城門を支えていたのかなあ？」

不思議に誰もいない此の山の城の跡。

静けさの中に鳥の声がする。サワサワと樹を渡って行く風の調べ。

今までに調べて来たお城の事を思いめぐらしていた。

その内、眼の前に、地面から五層七階の城廓が、ゆっくりと立ち上がって来た。見る見る内に赤い窓枠、青い瓦は龍の背のようにきらめき、入り口は黒く威圧的に厳然と在る。金細工が眩しい。どんどん上に目を向けていくと天主は、むしろ丸味を帯び、その白壁は空に映えて美しくも壮麗だ。「あァー何てきれいなお城なんだろう」。見とれている内に、明子は、敦姫ならぬ濃姫になって此処にいた。そして暫く、傍に出迎えてくれたのは、他ならぬ我が殿信長様。

「お濃、よく参った。さあ、者共も揃って入れ、城は広いゾ」。

完成して暫く、殿から「お濃も安土へ来るがよい」との使いが出され、ようやく今日、天正八年の秋に入城が叶ったのだった。

「尾張の大うつけ者の嫁になれ」と、父の道三から言われたが、信長はそれどころか、目鼻立ちの整った頭脳明晰の若武者だった。

決断力、思考が素晴らしく、濃姫には心配りが優しい。今日も殿は、

「城の天主から見る空は美しいゾ、昨夜の月も丸く美しかった。きっと今夜もそうだろう。お濃も上がって見るとよい」

「天主に上がってもよろしいのですか？」

「お濃は、赦す」

という事で天主からの月を眺める事となった。前は琵琶の湖。黒く暗く、空と一体となり、空を数限りない星達が覆うが如く、またたいている。

「おお！月が昇った。まん丸で大きい月じゃのう。お濃も、この階《きざはし》から見るとよいゾ」

「いくら見ても見飽きることがございませぬなァ。あアッ心なしかお月様の端の方がへこんだように見えますが」

「気のせいじゃ、雲が滞ったのであろうよ。少し見るのを休んで、湖でとれた膳を運んで来た。食するとしよう」

しかし濃姫は何故か気が落ち付かなかった。月が何かに食べられているのかしらん？

そこで思わず日頃から気になっていたことを言ってしまった。

「信長様、惟任日向守《これとうひゅうがのかみ》様に、あまり厳しくなさらない方がよいのではございませぬか」

「何をさかしらな事を言うな！　あ奴の顔を見ろ！　かしこまった風で、実は違う事を考えておる。あの顔を見るとキンカン頭を小突いてやりたくもなろうよ。光秀奴！」

「上様、どうか堪《こら》えて下されませ。口惜しさが溜まると、いつかは弾けますゆえ、濃は恐ろしゅうてなりませぬ」

ふと気づくと、皓々たる満月は、ほぼ端の方を残して暗くなっているではないか！

「お濃、案ずるな。今年は正月から、あのはげ鼠《ねずみ》が三木の城を開かせ、本願寺も大坂を出た。良い事ばかりじゃ。あれは吉兆ぞ」

「でも殿様、まん丸い月が何かに噛《か》まれるようで……」

「あれは、動いている月が何か天にあるものと重なるのじゃ。ルイス・フロイスも申しておった。かの国では天に関する学問もあるそうじゃ」

そう言えば、再び月は明るさをとり戻しつつ輝いている。

湖から昇って来る薄い雲が通り過ぎてゆくと、目の前にあった壮麗な城は、夢幻の如く消え、礎石の前の明子は、うっすらと漂う冷気の中で、登山靴の紐を結び直すのだった。

城跡を目の裏に残し、帰りは本道である長い石段を下がって行こう。名立たる家臣達の住居が建ち並んでいた所だ。此処から見上げる城の石垣は何と立派に組まれている事か。

きっと天主が、此の石垣の奥に見えていた事だろう。馬や駕籠等は、何処を通ったのか？日本で、否、世界で初めて入場料をとって城を見せたという信長公。何という機知と機略に富んだ殿であることか。又いつの日か濃姫にして下さりませ。

さらば、愛しき信長様！

注1　信長様と見た皆既月食、濃姫の私は、何か不吉に思いました。明智様が謀反を起こされたのは、二年後、一五八二年の事でした。
注2　今から四百四十二年前の事でございます。

昭和の武者殿―企業戦士

従姉

銀閣寺の近くに、従姉の美紗子が住んでいた。不思議に、金閣寺から今出川通りを真っ直ぐに行くと銀閣寺に突き当たる。

大文字の送り火も、金閣寺、銀閣寺で、護摩木や塔婆を書き、送り火となるのだ。

銀閣寺のすぐ西には、哲学の道が通っており、その西には、橋本関雪のアトリエのあるお屋敷があったりして、門前の通りは、いつも賑やかだが、少し北側に入って行くと、閑静な住宅地である。

彼女は一歳上だが早生まれなので、同年齢と同じ感覚で仲良くしていた。二人が結婚適齢期に入った頃の事。適齢期とは、二十歳はじめから三十歳位、受胎適齢期とも言おうか、人工授精や卵子凍結など夢にも見た事がない頃の事である。ある日彼女から電話。

「又、縁談、来たわ」

「えー！　沢山断って来て、今度は何処からやのん？　どんな人？」

社会的にも立派な父を持ち、女学校在学中。華道、茶道等習い事にも真面目。お嬢さんっぽい雰囲気は、仲人のおばさん一押しの花嫁候補だ。美紗子の父親などは凄い娘自慢で、「なんで皇太子妃は、うちの美紗子と違うて美智子さんなんや？」等と本気で言う程である。

「今度の人は、一番よさそうやわ」

「何で？」

「釣書も良いけど、写真が…！　ハイキングスタイルで、山道で撮ったはるねん」

彼女は、明子程高山へは行かないけれど近くの山へハイキングに行くのは好きなのだ。

だから今迄、〇大学の探検部だとか、絵が好きだから画家さんとかの縁談で、会ってはみても断り続けてきた。

「あの人は優しい人やけど、きっと自分が探検に出て私は放っとかれるわ」とか、「あの人のお嫁さんになったら絵の具の調合ばっかりさせられるに決まってる」とか…。

結局彼女は惚れ込んでしまった。

「第一印象からして清々しい。ハッキリして、真面目で『心から御信頼申し上げる事の出来る人』やわ」…と何処かで聞いたような？事を言っている。

ところが親は猛反対。「身体が細すぎて、弱そう」と言う。「お見合いで、親の反対を押し切るなんて聞いた事はない」

「でもね、細いのは、戦時中の成長期に、ろくな食べもん食べてへんからやわ。うちのお兄ちゃんかてそうやろ？」。しかし家に招いたりする内、両親も彼の人柄を気に入り挙式の運びとなった。

その仲人のおばさんの旦那さんは、縁起をかつぐ人で八卦に凝っていた。あろう事か、式は、仏滅がこの二人を占うと、一番吉であり、エイプリルフールが吉日という。

美紗子の両親は呆れ果てていたが、その日が二人にとっては大吉というので従った。元々、当たるも八卦当たらぬも八卦で、そういう事で運命は変わらない、という合理主義的な人達だった。

しかしお見合い結婚で、親の反対を説き伏せるというのも珍しい。

エイプリルフールの仏滅なんて、どこの式場もガラ空きだ。式を挙げた二人は、彼の勤めに近い芦屋に小さな二階建ての家に住む。

明子も彼女の一年位後に結婚し、夫の勤務地に近い甲東園に住んでいた。

子供にも恵まれた。幼稚園は？小学校は？といろいろな用事でお互いの生活が忙しく、時はアッという間に経っていった。

美紗子の三人目の子供が三歳になった昭和五十年、一九七〇年代はじめの頃の事である。夏のはじめ、急に暑さがやって来た或る日のこと、珍しく明子に電話があった。久し振りの美紗子の声だが、少しいつもと違う。

「久し振りやねえ、元気にしてるの？　何やらいろいろ忙しいてかなんねえ」

「美紗子ちゃんとこも元気？　メグちゃんは、来年中学受験とちごうたかしら？　英一さんは相変わらず忙しいの？」

「そう、恵は受験勉強中やわ。英一さんは超ハードな仕事や。これからは英語が主流の社会が来る言うて、恵はK女学院に入れて、あの学校の独特の教え方で一緒に勉強して自分も英語達者になるんやって張り切ったはるわ」

「そう！　それはいいね！　発音きれいやもんね、あの学校は…。メグちゃん頑張って！」

美紗子の夫の英一は灘高から国立大卒の商社マン。昨秋、明子の夫と子供二人を連れて、六甲山へ合同ハイキングをしたのは、秋半ば、二家族の末っ子もよく歩いて楽しかった。が、秋の日暮れは早く、二時頃に、芦有バスを待っていると、やって来たバスは満員、でも入り口にばかり人が溜まって、中はスケスケに見える位空いている。にも拘わらずワンマン運転手「満員でーす。次にして下さい」

「中は、充分空いてますよ。詰めてもらえませんか。次のバスはまだまだですよー」

「小さい子がいるんです」「お願いです」「乗せて下さいよ」「ガシャ！」と扉は閉まり、他にも待っていた二、三人は、冷たい空気の中にとり残されてしまった。

「こんなバスには一生、頼まれても乗らない！」全員が変な決意をした。この事ばかりが皆の印象に残ってしまったのだった。

このハイキングが、もう一年前のこと。

ここ暫く世の中が変わりはじめていた。物価高である。美紗子の話では「英一さんが大変！」という。彼の傘下の会社が、次々倒産、彼自身は毎夜、得意先や会社への接待で、大抵帰宅は午前様。アルコールが入るとすぐ真っ赤になる位、強くない人が……。

「美紗子の方が酒に強い！　オーイ代わってくれェ〜」なんて言っている、と言う。

取引先の相手に気を遣い乍ら、話を合わせ乍ら飲むなんて、どんなに辛い事だろう。

その内、胃痛だと言い、会社の医者に診て貰うと胃潰瘍《かいよう》だろうと言って、薬を呉れた。

暫く痛みがおさまったかと思ったが以前より重く食欲もなくなって来た。細かった身体は、結婚以来、肉もついて精悍な感じになって来たのに心なしか痩せて来たようだ。仕事はますます多忙な中、会社の医者に検査を申し込んだが、順番待ちと言って中々だ。美紗子は近くの医者に行くようにと頼んだが、痛みをこらえつつ日が過ぎる。やっと検査をしてすぐ大病院へ。そして胃の手術。身体を縦一文字に切られた跡が回復すれば、もういいのだ！　胃癌はやっつけたのだ！

毎日、美紗子は病院へ通った。

二週間ばかり過ぎたある日の事である。舅《しゅうと》の雄策が病室に入って来た。

「あ…お舅《とう》さん、英一さん中々良うなって来られないけど。主治医の先生は大丈夫と言われるのに……」

元気で陽気な義父だが手術以来は、余り笑顔も見せず、言葉少なである。

翌日、又、義父はやって来て話があると言う。廊下の突き当たりの椅子が二、三置いてある所に行き、暫く言葉を選んで言い出したのは、こんな事だった。

「英一の傷は、開けて閉めてあるだけ…」

「え～悪い所はとったと聞いていますが…」

「他の臓器へも転移して、とれないらしい」

「…………」

茫然とした。若い医者達の私を見る目が変だった。憐れみとも、さげすみとも感じる目つきだった。道理で教授回診の時、若い医者の中には、後ろでゴルフのスイングの格好をしていたりして、美紗子は心の中で憤慨したものだった。

長い沈黙の後、義父は言った。

「新聞で見たんだ。癌患者が二・六％で助かっている療法がある」

「丸山ワクチンですか？」

「違う。群馬県の高崎の国立病院で、免疫療法というのをしてるんだ。私はそれが、たとえ〇・六％であったとしても一縷《る》の望みを賭けたい。この侭では、死んでいくのを待ってるだけなんや」

「……………」

「どうや？　美紗子、英一を死なしとうない。英一の余命は三ヶ月、今で一ヶ月経っている」

自分には知らされていなかった。ここ一ヶ月、おかしいなァと思いつつ過ごして来た。

「松本さんに相談しましょうよ、お舅《とう》さん！」

松本さんというのは、英一の灘高からの親友の医師だ。国立の大学医学部を出て、病院勤務医をしていた。

義父は言う。

「もうした。松本君は、今はそれしか残されていない。それに、英一を動かして群馬へ運ぶのは、此の一週間しかない、と言われるんや」

「行きましょう！　お舅《とう》さん、ここで、普段と同じ顔して英一さんの看病なんて私には出来ません」

本人にも姑や子供達にも言ったのは
「英一の胃は潰瘍が表にも内部にも出来ていて、それを治せるのは高崎の佐藤先生しかいない。必ず治る望みをもって高崎に行くので、皆も暫く辛抱して英一がよく治って神戸に還って来るのを待って下さい」ということだった。

子供達三人は、姑と京都の母、受験生の恵は、一歳下で同じ受験生のいる明子が預かった。

三席をとって英一を寝かし空路群馬へ飛んだのは手術から一ヶ月半経った十月半ばの事である。

早速、検査をいろいろと受けた後、治療が始まった。治療の間、美紗子は室外に出されていたので詳しい事は分からないが、同じ血液型の若い男性の血液を採って、それを遠心分離機のようなものにかけて、白血球をとり出し、それを英一の身体に入れる、というやり方らしかった。

血液は東京支店の若い社員の方が来て下さった。

三日程経った或る日、神戸から松本さんが来て下さった。あらかじめ話をして下さったのは彼である。医師同士の話もあったようだ。それともう一つ大切な事を伝える為だ。

「美紗子さん、あんたの使命は、英一君に不安を与えない事や。自分の命は、もう二ヶ月もないと医師は宣告している、と聞けば、絶望の淵に立たされる。生きようという勇気は沸いて来ない。死期はすぐ迫るだろう。『幼い子がいるんや、残して死ねるか！　この医者の特殊な療法がきっと助けてくれる』と本人が信じないと駄目なんだ」

「……分かっています」

「ここでの療法しか、今、日本では望みはない。医師を信じることや。ここで母親やら子供にオンオン泣かれては治るものも治らない。美紗子さん、しっかりするんや」と言って彼は帰って行った。

癌病棟での生活が始まった。廊下で会う人は「関西から来られたのですってね、皆、ここの先生を信じて治療を受けていますよ」

「よくなるといいですね」

かと思うと一つ向こうの病室には、大柄な男性がいて、いつも看護婦さんの人気の的。沢山集めて面白い話をして喜ばせ、大声で笑っている。「この人は何処に癌がいるのかな？」と思っていると或る日のこと、廊下で向こうからやって来た。

「奥さん、関西から来たんだって？　僕ね、身体中に癌が散らばってるの、何でこんな病気になったのか？　ほんとに助かるのか？　考えても気にしても仕方ないんだけどね」

どう慰めていいのか分からなかった。賑やかに騒いでいないと、居ても立っても頭の中では同じ事を思うだろう。

病院の傍を烏川《からすがわ》という川が流れていた。夕方、窓から川辺を見ていると淋しくて仕方がなかった。子供達はどうしているだろう？　病室へ戻ろうとしていると隣の室の男性がスリッパを足で揃えようとしている。彼は右腕が肘《ひじ》の下から無いのだ。癌のせいだという。思わずスリッパを揃えてあげた。

「有難う！」丁寧に頭を下げた彼。

翌日の昼前、彼の部屋が開けっ放しになっていた。「部屋を替えたんですか?」と看護婦さんに尋ねると、ものも言わず首を左右に振られた。「アッ」と思った。

三週間程して英一は、少し元気になって来た。車椅子に乗せてほしいと言う。

「よかった!」と思った。効果が出て来たのかもしれない。同じ廊下の窓ばかり見乍ら歩いていてもつまらない。誰かが「屋上へ行くと、きれいに景色が見えますよ」と言う。近くの街並み、百貨店の屋上の小さな遊具、子供用の飛行機がグルグル回っていて気持が少し明るくなる。

「ハイキングの服と靴、持って来たよ」

「この調子でよくなってきたら、榛名山《はるな》に登って帰ろうね」という会話も出来た。

その内、医師が「子供さん達、会いたかったら呼びなさい」と言われる。彼に話すと、「治ったらなんぼでも会えるがな、こんな遠くへ来んでも。恵は今一番勉強せんならん時やろ! 来んでもよろしい。ちゃんと勉強せんと!」との返事である。

十一月に入って　病院の屋上から見る谷川岳に雪が積もったらしく、白くそびえるようになった。昔、学生の頃、まだテレビもない時、「山の映画上映会」というのがあった。確か京都新聞の社屋の中だったと思う。土曜の夕方だったか…スクリーンに映る色々な山が素晴らしかった!しかも天然色（カラー）である。塚本閤二さんという撮影者の名が頭に残っている。あの中の本物の谷川岳を、車椅子ではあっても夫と見る事が出来たのは、神が与えてくれたお恵みとしか言い様がなかった。

しかし後に、「これは中治《なかなお》りと言って、命の灯火が消える前の一瞬、明るく燃えて、付添人を喜ばすのだ」と、義父が教えてくれた。

この後、英一はどんどん状態が悪くなってゆき、谷川岳が真っ白になり、烏川の回りの木々が茶色くなる頃、厳しかった闘病生活を終えたのだった。腹水が溜まって、辛く苦しい闘病生活だった。元気で家族と会うのだ！の一心で病と戦った英一を美紗子は心から称えたいと思った。兵庫の病院での宣告通り三ヶ月だった。その事が余計

に口惜しく思えた。

帰神

銀杏が、黄金色の葉を降りまき、風が冷たくなった。

榛名山に登って帰るどころではなく、飛行機に乗せる事も出来ない。仕方なく、義父と密葬を行った。茶毘に付して、骨箱に入ってしまった夫を抱えて、美紗子は大阪空港に帰った。そしてお葬式をとり行った。駅から十五分程の家迄黒い服の人が行列を作り、突然の事に近くの人は、何事かと驚いていた。

まだ二歳の下の子は、祖父母と神社へ詣でて、いつも「パパの病気がよくなりますように」と拝んでいたので、皆が拝みに来てくれたと思い、喜んで、はしゃぎ乍ら拝んでいた。何が何だか訳が分からず二番目の子も、ニコニコし乍ら来てくれた人に挨拶をしていた。恵はショックで茫然としていたし、姑は「勝手に息子を遠い所へ連れて言って会わせてくれなかった」と泣いていた。

姑にも子供達にも慰め、言わねばならない事が山ほどあったが、時間も心のゆとりもなく、唯、自分のなすべき事をするだけがやっとの日々だった。

松本さんは「よくやった。英一君は、ショックを受けることなく、安心して天国へ旅立っただろう」とほめて下さったが、本当に、どうした方がよかったのか、分からない。

舅は「大事な大事な息子、手を尽くしても助からなかった。息子の残した子供達を、美紗子さん、立派に育ててくれ。可愛い孫達の為に、おじいさん（自分の事）は、助力を惜しまない」。

立派な舅、優しい姑に守られ、美紗子の英一のいない生活はスタートしたのだった。

口惜しい事

「六甲山へ行った時、帰りのバスに乗れへんかったでしょ？」と美紗子。

「うん、ほんまに酷かったね」

「あの時やと思うわ、英ちゃんの胃に、ポツンと癌が出来たんは…」

「ほんとにね、あんな大声で叫ばはった英一さん、見た事なかった！」

「でも本当に拡がったんは、検査を頼んでるのに放っとかれたせいや、若いから増殖するのも早いんやて。医者を訴えたいって言うたら、お舅《とう》さんが『そんな事しても英ちゃんは帰って来いひん』って」

後になって思った事は、犯人は石油ショックによる狂乱物価・インフレ、それに拘わる者の仕事の重責だったに違いない。

美紗子も、自分がもっと夫の体調管理をするべきだった、近くの医師の所へ首に縄をつけてでも引っ張って行くべきだった。もっともっともっと……と自分を責めたが、舅の言う通り日常の生活を送っていくのに精一杯だった。

「アキチャン、有難う。難しい時期の子を預かってくれて…。お蔭でK女学院に受かって…英ちゃんの望みが叶って喜んでると思うわ。あんなに、一緒に英語の勉強したがってたんだけどねえ、ほんとに有難う」

「いいえ、そんなことは…メグちゃんが頑張ったからやわ。よかった！　私も少し役に立って」。

英一の言っていたように、恵は英語も身につき、今や英語は世界共通語の感がある。

長じて、結婚した恵の夫が海外勤務になった時も、英国で、少しも困らなかった。

昭和の武者は、石油ショックという大きな刃《やいば》に無残にも打ち果てたが、女武者が世に出て活躍する社会が目前にあるのだ。

そして医学の進歩は、癌の早期発見、切除の新しい方法、化学療法等のお蔭で、救われる命も増えて、五十年前とは隔世の感がある。癌病棟で暮らした一ヶ月半と、そこで会った人達や神々しい、遙かな谷川岳を想う。

京都で

久し振りに京都、行こう！

西大路通りから見上げると、左大文字が足を伸ばして笑っているみたいだ。

弘法大師が、右手で書かはったんが右大文字、左手で書かはったんが左大文字、だとか、墨たっぷりで書いたのを魚拓みたいにもう一枚の紙に写さはったのが左大文字、だとかいろいろな事を言うけど嘘ばっかり！でしょ？　でも送り火の、大の字はまさに大らかに天に向かって魂を託すかのようだ。

さて小学校の裏門から北野神社へ行こう。平野神社から行く道で、紙屋川を渡る。下の方を流れていて温和しい。

北野神社の境内に入ると、西には太閤さんの作ったお土居があり、梅園も立派に広い。社殿の

後ろの石畳の道は、よく時代劇で逢い引きの場に使われている。大きな提灯が下がっていて、よく分かる。社の外に出ると、お豆腐屋さんが多い。水が美しいからだろうか?

上七軒を通って行く。美紗子から聞いた話では、美紗子の義父は、織機の会社を立ち上げた「立志伝中の人物である」らしい。西陣の事など知っているのも道理である。

いつかも「美紗子、京都のお父さんは、スッポン食べに連れて行ってくれはったんか?」

「いいえ、何処にあるかも知りません。名前だけしか。京都の人は質素ですよ。『京のおばんざい』って言いますでしょ? 普段のお料理ですよ。お誕生日は時々レストランへ連れて行ってくれたこともありますけど」

「ふーん、大市のスッポンは特別おいしいけどなァ」という会話があった。

（注）上七軒　北野天満宮の改築用材で七軒の茶屋を建てたのがはじまり。豊臣秀吉が北野天満宮の大茶会の時、山城一円の茶屋株の特許を与えた由緒をもつ。寛永年間（一六二四〜四四）に公許された京都最初の花街。（森谷尅久『京都の大路小路』より）

京都の半官半民の様な会社の父と、神戸の織機の企業家の義父なんて違って当たり前。質実剛健な父と豪放磊落な義父。子供達を育てる上での考えを美紗子は話していたっけ？

あれこれ考えている内、北野からバスに乗って東山の方に向かっていた。

三条京阪から東大路通りの施設で、絵の会合がある。鴨川の橋を渡って行く。

明子のよく登った北山が青く呼びかけている。川岸の緑も、柳も優しく風を受ける。

バスプールを回って行く。此の場所は戦前、明子が六歳迄暮らした家の跡である。進藤正子ちゃんの家程ではないが、日本庭園と藤棚のある洋風庭園があった。戦争中の間引きで倒された事は『京都万華鏡（Ⅰ）』に書いた。

一筋隔てた南隣に、蒲鉾《かまぼこ》屋さんがあって、その頃珍しい一部三階建てのお家だった。

その家のぼんといつも遊んでいた。「ぼん」と言うのは、坊やとか坊っちゃんとかの呼び方である。

「『ぼん』も今はおじいさんになったやろうなァ」と思いつつ、蒲鉾屋さんを見ると、まだその侭お商売をされていて、いつもの焼蒲鉾などがケースの中に並んでいる。傍の出入り口を見ていると、小柄なおじいさんが出て来られた。何とも懐かしい感じで、思わず声をかけてしまった。

「あのぅー、私、昔、隣に住んでいた吉川の明子ですけど、『ぼん』と違いますか？」

おじいさんはびっくりして明子を見て、

「あの、嬢《じょ》っちゃんどすか⁉　ようお宅の庭で遊ばして貰いましたなァー、ほんまに、壊されてしもて惜しい事どしたなァ〜！　お国には逆らえまへん。嬢《じょ》っちゃん達は、衣笠の方に住んでおられると聞いてましたがなあー」

神仏のお引き合わせと思った。又会って話をしたいと思いつつ、コロナで、中々行けなくなってしまった。珍しい三階建ては壊されずに今もその姿があり、昔乍らの蒲鉾屋さんもお商売を続けておられる。

「まァ細々とどすけど、一ぺん雑誌に出た時は、ちょっとたくさんの人が買いに来てくれはりました」と、昔の「ぼん」は笑っていた。昔の「嬢《じょ》っちゃん」も。

谷川岳

病院の屋上から見た谷川岳へ行き度いと思い乍ら過ごしていたが、機会がなかった。

明子は、学生時代から山岳部。そのＯＧ会の後輩達が、谷川岳を計画してくれた。

美紗子を誘ったが、体力が落ちたので、代わりに明子が行く事になった。

平成も終わりの頃の七月である。昔、新聞社の映写会と写真集で見た谷川岳は、高山植物に飾られ、雄々しい山稜だ。しかし剣・穂高の岩場と共に三大岩場と言われる岩場へ行かなければ、優しく登らせてくれる。

天神尾根から有名なオキの耳、トマの耳を通って一九七八メートルの頂上へ。

「オーイ、皆からよろしくだよ〜。美紗ちゃんは英ちゃんが大好きだよ〜！　三人娘も立派に活躍しているよ〜。どこか英ちゃん似の孫達を見せたいって行ってるよ〜！　オーイ、ヤッホー〜」

英ちゃんみたいな爽やかな風が吹いて来た。回りの山達も笑っている。お山よ、有難う！

「又来る時も笑っておくれよ〜！」

月光　一の倉沢

京都あちこち、あれこれ

学生時代、昭和三十年代半ばの頃は、夏山登山から帰ると、秋の山でトレーニング、そして冬山ではなくスキー合宿だった。初滑りは神鍋、そして京都市内には花脊《はなせ》スキー場があった。北山の奥深い所にあり、バスで行く。峠越をして滑り、バスに遅れて民家に泊めて貰った事もあった。「象の鼻スロープ」と呼ぶ場所があり、短いが楽しい。今、花脊はリゾート地になって外国人にも人気らしい。

暫く比叡山に蛇ヶ池人工スキー場もあったのだが、すり鉢型だからやめたのかもしれない。余り広くもなかったから。

それより前には愛宕《あたご》山にもスキー場があった。この事は『京都

万華鏡（Ⅰ）』に述べた。

一月、三月は、信州白馬山麓のスキー場へ行く。民宿だ。夜は炬燵《こたつ》に入って、みかんや野沢菜で楽しむ。アフタースキーなんてそんなものだった。今は欧風ホテルが建ち、リゾート地だ。

我等の京都も今は内外からの観光客で大変な人気都市だ。市民の台所、錦市場までもが人がいっぱいだ。宿泊施設を造らねば！町家のたたずまいも変化し、よく気をつけないと、由緒ある建物も壊す危険がある。

薩長連合密談に使われた「有待庵」という茶室も、もう少しで壊すところを、日本文化研究家の磯田道史氏が市長に頼んで救ってもらった、と自著で述べておられる。

テレビで京都の番組のない日は珍しい位だが、明子は「私、京都出身よ」なんて言わないようにしている。

言うとすぐに返ってくるのが「京のいけず」とか、「京のぶぶ漬」という言葉だ。おかしいなあ〜。案外「いじめ」なんて、こんなやっかみや偏見から来ているのかもしれない。近頃は苛めた上に「死ね」とまで言う。「四」という字は死と同じ発音だから、祝儀には三や五を使っても四は使わない。「死」は、無闇に口に出す言葉ではない、まして「死ね」なんて、と言うと「京都の人は縁起をかつぐ！」と言う。神社のお札さんを壁に貼ると、「信心深いね、京都の人は！」と言う。「ウフフ、そうやねん」と笑っておく。

京の暑さも負かす地球の暑さ

盆地特有の気候で、夏は蒸し風呂、冬は底冷え…という京都に育ったので、「阪神間では楽々に過ごせるわ！」と思っていたが、そうはいかなかった。

京都の家では、幼い頃、洗面台の窓に面したガラスには、孔雀の羽根のような氷が広がっていた位だったのに同じ位寒く感じる。

殊に夏は年々耐え難い。これは地球温暖化によるもので、アルプスの氷河も短くなり、極地の

氷が減った為、海豹《アザラシ》やラッコ達は食物がなくなり、絶滅の恐れがあると言われている。

森林火災で緑も失われ、アマゾンの原生林は伐採されてパルプにする為、売られていく。

京都の暑さが幾らひどくても、熱中症だとか生命に危険な温度ではなかった。

「科学者さん達よ～！　お願いです！」と叫びたい、と思っていると、永久凍土に眠る温室効果ガス・メタンが放出されると、後戻りが出来なくなる点に達して、アラスカ、北極圏の暮らしは深刻になる、と科学者さん達は、極地の氷の水溜まりに立って言っておられた。

　京都では昔、梅雨明け頃、建具を夏向きの、すだれや籐むしろに替えて、打ち水などしていたが、それ位ではとても駄目だ。テレビでも「命の危険のある暑さです。冷房をつけて下さい」などと放送する位だ。

「昭和の頃、暑いの寒いのと言って、今は天にいる人々よ！　令和という時代では、地球は暑くなる一方です。しかも三年間もマスクしてるの、子供もよ！　宴会も音楽会も人が大勢集まったらアカンのよ！　コロナというウイルスが世界中に拡がってるの。でも、やっと以前の生活に戻りそうです」

男女平等

上村松園という画家を誰しもご存知でしょう？　品よく、美しく、巧みな美人画を沢山描かれた…。あの頃の男社会に、画家として初めて入り込んだ女性だと思う。

画家でも、医者でも、女性で初めて志した人々は、どれ程の研鑽と苦労を重ねられた事だろう。「女だてらに」「女のくせに生意気な！」と言われ、「女なんて、家事をして子供産んで育ててたらええのや」という時代に、である。

現在は女性も働くようになり「誰が喰わしてやってるんや！」などの暴言を吐かれる事はないかもしれない。が、「女性は大変だ」と思う時代だ。子供を産んで、産後はしっかりと赤ン坊を育て、託児所に預け、働かねばならない。しかし、同じ会社に勤めていても女性の昇進は男より遅いという。子供が熱を出したり、急に変わった事があると職場を休まねばならないからだ。

でも昭和の終わり頃と比べると前進はしている。美紗子の次女は、東大に入ったが、美紗子が出席した入学式には、九五％以上が男子、女子はチラホラ。教授陣も殆ど男性で、こんな所で娘は大変だなァと嬉し涙を溜めて思うのだった。今は可成りの比率で女性が増えているという。

他の娘二人はK女学院とS女子学院だが、この二校の校歌が興味深い。あからさまにではないが良妻賢母を歌っている。しかし、この学校からも国立や私立の大学を受験する人が増え、最近、東大生も女子の割合が増えている。

日本は令和の今、少子化、人口減が問題になっている。

昭和の戦中は「産めよ、増やせよ」がスローガンだった。戦後も高度成長期は人口は増えた。その後、平成の世でも「女は産む機械」のような発言をした政治家がいて、呆れられていた。今は、子供が出来ると政府がお金を援助するという。果たして人口は増えるのだろうか。

未来はどうなるのか？　何度も女性蔑視《べっし》の発言をする政治家達に「自分の子供が産まれた時、どうしていたの？」と尋ねてみたい。

何故かと言うと「育休・産休の間に『学び直し』をすればよい」という首相の国会答弁を聞いたからだ。育休の間は育児でどれ程多忙な事か？　分かっていないね！

赤ちゃんは、狭くて居心地の良い胎内から出て来て不安なのだ。食事も自分の口で摂《と》らねばならない。「こわい！」「お腹が空いた」「どこかが痒《かゆ》い」「お尻がぬれて気持が悪い」と、何でも泣いて訴えねばならない。母親は、赤ちゃんの要求に応えるだけでなく他にも家事がある。一体いつ勉強するの？

産後の衰えた身体で、育児せよ、学び直せ、家事もせよ、となると、産後鬱《うつ》になってしまう。世界の中で、女性の管理職や社会での地位はまだまだ低いという。そこで育児し乍ら学び直し？　酷すぎます。

戦争と平和

戦争を知らない世代に代わると、再び戦争が始まるという。

何年か前、テレビを観ていて驚いた。戦争中の話の中で、女の人が「さあさ、すいとんでっせ。お上がり」と持ってきたのは、塗りの盆の上にのせた塗り椀に入った、具沢山の、すまし汁だった。

戦争中のすいとんは、お湯のようなお汁の中に、丸くてろくに味もつい

ていない粉を丸めた団子が一つ浮いている位のものだ。しかも、粉っぽく味もなく、とても美味とは言えない。そこで、その「豪華すいとん」を食べるのは、ぷくぷく太った子役達である。戦争を伝えるのはこの人達には無理だと感じた。

子供達を含め、戦争ではどんな悲惨な目に遭うかは、現在のウクライナの人々を見れば分かるだろう。

「世界警察」か「世界裁判所」はないの？と尋ねて、敦姫は笑われましたよ。敦姫の女学校の同級生の一人は満州からの引揚者だった。彼女は幼くても男の子の恰好、男の髪型をして顔を汚くして逃げたという話等を聞いた。露国はどうか戦争をやめて下さい。

『こどものとも』の出版者、松居直さんは言っておられた。

「日本は戦争中『平和』という言葉は、一度も使ったことはなかった。しかしトルストイは、もう『戦争と平和』を書いていた」と。

美術教室

私達の小学校の同窓会は、ギネスブックに載るかと思う位長い。さすが先生！卒業の折「K君、君、幹事やってくれ！」。受けたのは西陣の友禅染めの「絵師」だ。彼なら転勤の心配がない。責任感の強い彼のお蔭で続いている。さすがに一昨年幹事交代。今度は新しい機械にも強いK大学の教授A君だ。

児童の数も少なくなってきたらしく、京都でも閉校の事を耳にする。木屋町三条下がった所にあった立誠小学校もホテルになった。今は「土佐藩邸跡」の立て札が立っているが、この高瀬川に沿った辺りは、龍馬が少しの間、身を潜めていた酢屋や、池田屋騒動のあった所もあり、今は「龍馬通り」と呼んでいるそうな。

立誠小学校跡のホテルで私達小学校の同級会をもつ予定だ。コロナが下火になったので。何年振りの事だろうか？　前述のI先生はお元気だが、お住まいが遠方で出席は無理のよう。

I先生の前々年、小学四年生の時の明子の担任は美術の先生だった。明子はとても絵が好きだったので、他のクラスの子と三人、京都で初めての「小学生の美術教室」に行かせて貰える事になった。始められたのは、西田秀雄という先生と由里明という先生で土曜午後。衣笠から通っていたのは、丸太町竹屋町辺りの富有校。その学校も閉校になったと聞く。丸太町通を御所を左に、東に向かう。右手に京都の裁判所が見えてくる。この近くに最近画廊も出来たりして、偶《たま》に行くが、堺町御門から見える御所はいつも広々と美しい。懐かしく歩く。

親はよく小学四年生の子供を衣笠から一人で通わせてくれたものだ。教室は、他の学校からの生徒も入れて四十人位だったろうか。教室の生徒達の絵を集めて、二人の先生は『びじゅつ』という雑誌を発刊された。今も大切に持っている。発行は昭和二十三年！とある。明子の絵も扉絵に！　その後も良き師に恵まれた。アートの神様有難う！

月と星に

この「京都万華鏡Ⅱ」を出したいと思ったのは、昨二〇二二年十一月八日に皆既月食があったのが一つの切っ掛けです。この様な月食は一五七七年にあり、織田信長も見たかもしれない、と読んだからでした。

「これは四百四十二年を遡って、信長様と眺めねばならぬ！」と思ったからでございます。

では、月に因んで「Moon River」を、天空の素晴らしさ、地球の無事と平和を願って「星に願いを」を歌いながら、皆様ごきげんよう。またお会いしましょう。

敦姫より

あとがきにかえて　お雛様達のこと

大きなおうちのお座敷に飾られていた、あのお雛様達は、どうされているだろうか？

空襲を恐れて会社の倉庫に匿《かくま》われていた明子の母のお雛様は、明子が小学四年生の頃、救出され、やっとお座敷に飾って貰い、お友達を招いて小ぢんまりした雛の会をもつ事が出来た。

年を重ね、相続人の姉も亡くなって幾年かのある日の事、甥っ子から突然電話があった。

「急な事だけど、僕が相続したおばさんの生家、売る事にしました。勤務地も遠いんでね。そこで家財もろとも相続したので、お雛人形は燃やしてもら

う事にしました。今となってはおばさんには言うとかんとね」

「ちょっと待って！　すぐにはやめといて！　何とかするから」

頭が真っ白になってる場合じゃない。京都の博物館その他、寄贈したい所に電話をかけまくった。幼稚園、保育所にも。でも「何処も雛人形はある」という。明治・大正時代のお雛人形の一揃え。抻《ちん》引き官女等珍しい人形もある。

明子の熱心さが通じたのか、博物館の方が見に来て下さった。紫宸殿も屋根を取り払って、柱と壁を作った何処にもない形式で、当時の京都一の人形店の箱入りだ。

夢のようだった。先祖のお守りがあったのか、お雛様達も願ったのか、今は徳川美術館へお嫁入りして、時々徳川の雛様、姫様達と共に並べて頂き、優しい時を過ごしている。神仏のご加護に感謝！

古い文化財の補修、修理に使わしてほしいと言われ、ぶ厚い桐材で出来た長持ちや、桑の木で出来た姿見も一緒に、トラックに乗せて貰って名古屋を目指して出て行った。

長く暮らした生家の前でそれを見送った。

「明治生まれのお雛様達！

お幸せにね、有難う！」

四季の俳句と絵　春（フランス）

カウベルが
何処か遠くに
春の昼

敦姫

四季の俳句と絵　夏（尾道）

あの屋根が
龍馬の宿よ
夏早やし

敦姫

四季の俳句と絵　秋（城）

落城の
城主の悲話や
秋彼岸

敦姫

四季の俳句と絵　冬（釧路湿原）

凍て土に
蛇行の川の
音もせず

敦姫

馬乗り　小学校の子供の遊び

昭和20年(1945年)頃の子供の遊び。助走して何人乗れるか？ジャンケンで負けた子が馬になる。こらえる子は大変。乗れなかった子が次の馬に。馬が連なるのはすごいです。危険なので今は無理と思います。一番前の人は電柱とか柱・壁などで支えます。

作　品

ゆらぐ

コロナ禍の街

コロナ去り街に音が

異国の街角

ガラスの塔

地球温暖化のオマージュ

兎飛ぶ
いまだ国境
なき月へ

敦姫

星に願いを

When You Wish Upon A Star

詞：Ned Washington

When you wish upon a star
Make no difference who you are
Anything your heart desires
will come to you

If your heart is in your dream
No request is too extreme
When you wish upon a staer
As dreamers do

Fate is kind
She brings to those to love
The sweet fulfillment of
Their secret longing.

Like a bolt out of the blue
Fate steps in and sees you thruough
When you wish upon a star
Your dreams come true

Moon River

詞：Johnny Mercer

Moon river, wider than a mile
I'm crossing you in style some day

Oh, dream maker
You heart breaker
Wherever you're going
I'm going your way

Two drifters, off to see the world
There's such a lot of world to see

We're after the same rainbow's end,
waiting, round the bend
My Huckleberry Friend,
Moon River, and me

『びじゅつ』No. 1（1948 年 2 月）･No.2（1948 年 10 月）･No.3（1949 年 6 月）

花　古川敦子（京都・衣笠小学校四年）　『びじゅつ』No.2 扉絵　1948 年 2 月

著者　柴田敦姫

本名　柴田敦子
・日本水彩画会会員
・兵庫県綜合水彩画会会員
・コープカルチャー水彩画講師

個展　第 1 回　1995 年「山川草木」展
第 2 回　2001 年「山と旅」展
第 3 回　2006 年「山と旅」展
第 4 回　2015 年「四季の旅」展

著書　「京都万華鏡」Ⅰ
大正・昭和の京都ないしょ話
「京都万華鏡」昭和ロマン編

同志社女子大学英文科卒　京都市出身

京都万華鏡 Ⅱ

敦姫エッセイ集　**昭和・平成・令和に生きて**

令和5年（2023年）6月1日　初版第1刷発行

著　者　柴田敦姫

発行者　竹村正治

発行所　株式会社ウインかもがわ
〒602-8119
京都市上京区出水通堀川西入亀屋町321
TEL 075（432）3455
FAX 075（432）2869
発売元　株式会社かもがわ出版
〒602-8119
京都市上京区出水通堀川西入亀屋町321
TEL 075（432）2868
FAX 075（432）2869

印刷所　新日本プロセス株式会社

ISBN978-4-909880-44-4　C0095